螢火蟲

國家圖書館出版品預行編目資料

螢火蟲／向明著.－－初版二刷.－－
臺北市：三民，2006
面；　公分.－－(小詩人系列)
ISBN 957-14-2287-8　(精裝)

859.8　　85003939

◎螢火蟲◎

著作人　向　明
繪圖者　董心如
發行人　劉振強
著作財產權人　三民書局股份有限公司
臺北市復興北路386號
發行所　三民書局股份有限公司
地址／臺北市復興北路386號
電話／(02)25006600
郵撥／0009998-5
印刷所　三民書局股份有限公司
門市部　復北店／臺北市復興北路386號
重南店／臺北市重慶南路一段61號
初版一刷　1997年4月
初版二刷　2006年8月
編　號　S 853111
特　價　新臺幣貳佰捌拾元整
行政院新聞局登記證局版臺業字第〇二〇〇號

ISBN　957-14-2287-8　(精裝)

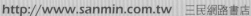

兒童文學叢書

・小詩人系列・

螢火蟲

向　明／著
董心如／繪

三民書局

詩心・童心

——出版的話

可曾想過，平日孩子最常說的話是什麼？

「媽！我今天中午要吃麥當勞哦！」「可不可以幫我買電視上廣告的那種電動玩具！」「我好想要百貨公司裡的那個洋娃娃！」

乍聽之下，好像孩子天生就是來討債的。然而，仔細想想，這些話的背後，絕不只是貪吃、好玩而已；其實每一個要求，都蘊藏著孩子心中追求的夢想——嚮往像童話故事中的公主般美麗、令人喜愛；嚮往像金剛戰神般的勇猛、無敵。

為了滿足孩子的願望，身為父母的只好竭盡所能的購買，但孩子們總是喜新厭舊，剛買的玩具，馬上又堆在架子上蒙塵了。為什麼呢？因為物質的給予終究有限，只有激發孩子源源不絕的創造力，才能使他們受用無窮。「給他一條魚，不如給他一根釣桿」，愛他，不是給他什麼，而是教他如何自己尋求！

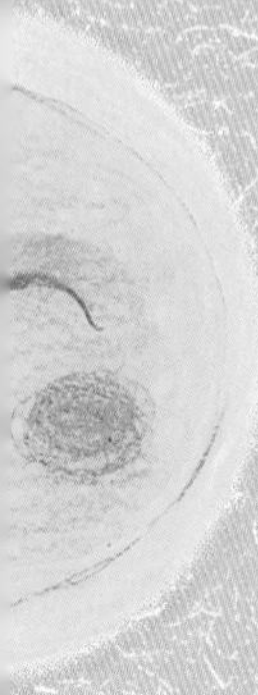

事實上，在每個小腦袋裡，都潛藏著無垠的想像力與無窮的爆發力。大人常會被孩子們千奇百怪的問題問得啞口無言；也常會因孩子們出奇不意的想法而啞然失笑；但這種不規則的邏輯卻是他們認識這個世界的最好方式。而詩歌中活潑的語言、奔放的想像空間，應是最能貼近他們跳躍的思考頻率了！

於是，我們出版了這套童詩，邀請國內外名詩人、畫家將孩子們天馬行空的想像，熔鑄成篇篇詩句；將孩子們的瑰麗夢想，彩繪成繽紛圖畫。詩中，沒有深奧的道理，只有再平常不過的周遭事物；沒有諄諄的說教，只有充滿驚喜的體驗。因為我們相信，能體會生活，方能創造生活，而詩的語言，也該是生活的語言。

每個孩子都是天生的詩人，每顆詩心也都孕育著無數的童心。就讓這些詩句在孩子的心中埋下想像的種子，伴隨著他們的夢想一同成長吧！

輕提燈籠照詩心

——讀向明先生的童詩

謝輝煌

中華民族，是詩的民族。這個雅號，不是用口號喊來的，是數千年來的有心詩人，比肩接踵，繩繩繼繼，不斷播種耕耘創造出來的。

向明先生，從不知詩到知詩，從知詩到寫詩，從寫詩到勸人學詩，教人作詩，一步一腳印，一步一向前。從黑頭走到白頭，卻是無盡頭。走到「詩的星期五」，又更向「詩的童年」邁進。這種實踐精神，可愛又可敬。

古早，沒有所謂的「兒童詩」。到了晚宋，才出現《千家詩》做為詩啟蒙的讀本與教材。至於真正的「兒童詩」，應是白話詩興起後才有的。《千家詩》主情亦言理，描景亦抒情。而最大的特色是健朗。今觀向明先生這些童詩，幾無一不合古人宗旨，而俏皮處則有過之。如〈螢火蟲〉最後一節：「小小螢火蟲，／提著大燈籠。／你們是來伴我夜讀嗎？／我已把書輕輕闔上，／就著你的光亮背誦今天的課本。」

成人畢竟不是兒童，很難把童言童語表現得維妙維肖且無心機。然站在以詩傳教的立場，又不能不在詩中夾帶一點哲思、一點諷頌、一點迎向陽光的鬥志。〈比高〉、〈影子〉、〈向日葵〉及〈稻草人〉，便各是範例。如〈影子〉最後一節：「好奇怪呵！／他總是不敢站出來，／給大家看看。」又如〈稻草人〉最後一節：「稻草人，你寂寞嗎？／你沒有朋友，／你沒有鄰居，／連小鳥兒也不敢靠近。」

〈影子〉表面在畫影，實際是隱喻一些藏鏡人，他們一站出來就會見光死。〈稻草人〉隱喻窮人和弱國。人窮，則居鬧市而無鄰；國弱，則立地球而無友。

不過，童詩宜短。但因成人的思慮太周，不覺而長。如試作片斷表現，或許能短。

詩的道路漫長而崎嶇，每顆小小的詩心，都在黑夜裡等待萌芽、起步。向明先生以其豐富的學養及創作技巧，化作提燈人，輕提詩的燈籠，照亮小小的詩心前行，不是癡人，也是解人。

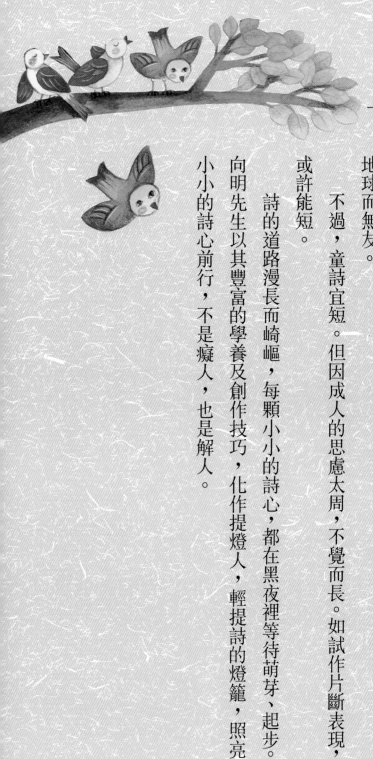

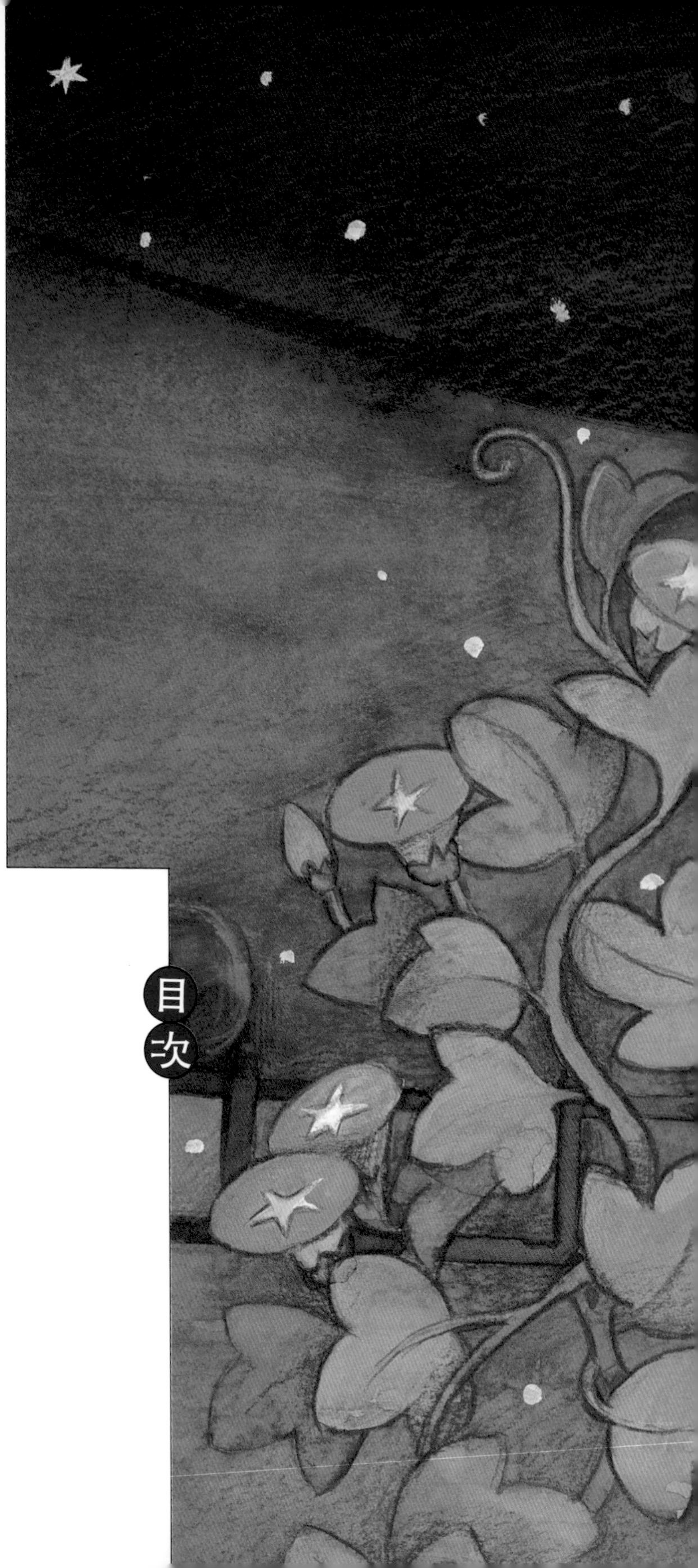

目次

螢火蟲

家

星星的眼睛永遠不會疲倦，
因為它有白晝的溫床。

流水唱著甜甜的歌，
它正趕赴大海母親的召喚。

風這流浪漢最悲哀了，
爬山涉水的亂跑，
家卻丟在相反的方向。

萬物都有個歸宿的地方，
那就是它們的家。
有了家的溫暖和照顧，
才會健康的成長。
這首詩寫出了
有家的幸福、沒有家的悲哀，
我們應該深愛我們的家。

窗

高踞在土牆上的窗，
像小哥哥那張呆呆的嘴，
招不來雍容華貴的雲，
喚不住披著誘惑長髮的雨。

煩躁時，
它把鄰家美妙的笛聲迎過來。
高興時，
它把心靈的口哨吹出去。

土牆上的一面窗子，
看起來就像一張呆呆的張著的大嘴巴，
它不會呼風喚雨，只在心情煩躁時，
把鄰家美妙的笛聲傳喚進來，
高興時把心靈的口哨吹出去。
這首詩以物喻人，描寫人的心情。

種子

讓嬌貴的盆景，
享受室內的舒適吧！
種子的兩扇綠扉，
是要迎向風雨的。

關不住的呀！
當歌鳥喚醒黎明的時候。
關不住的呀！
當春雷吆喝起程的時候。

盆景都是擺在舒適的室內成長，
而小小種子的兩片嫩芽
卻要敞開來接受風雨的洗禮，
旺盛的生命力是關不住
也阻擋不了的。我們
年輕的生命也要像種子
一樣勇敢的迎向風雨。

我的筆

不是長長的牧鞭，
揮不來牧羊女銀鈴般的笑聲。
不是短短的蘆笛，
和不上秋蟲們悲哀的交響。
小小的書房裡，
筆是一支銀亮的燭光。
把自大的夜趕出去。
把角落裡渺小的我，
意志燃亮。

筆不像一支長長的牧鞭，也不是一枝短短的蘆笛。在小小的書房裡，筆像一支燭光，可以把黑暗驅走，也可把我小小的志向燃亮。這首詩實際是在寫我們小小的抱負。

工匠

貼金的讚美不要，
風會將它腐蝕。
假意的歌頌不要，
時間會將它遺忘。
帶繭的粗手，
沒有夢過天使的親吻。
偉大的建造裡，
我是一名默默的工匠。

作為一個勤勞的工匠，
我並不希罕任何讚美和歌頌，
也不夢想會有天使來親吻
我這雙帶繭的粗手，
在偉大的建造工程中，
我只願做一個默默耕耘的人。

早稻

課堂上，
規規矩矩的學子們，
一行行端坐著，
像剛剛扶正的秧苗。

不准吵鬧呵！
上課鐘大聲的宣告：
老師要用愛來灌溉你們，
讓你們早早成熟，
飽滿得
像黃金般的早稻。

課堂上排排坐的學生們，
像田裡的秧苗般
受到老師愛的呵護，
希望他們像早稻般的
成熟飽滿。

向日葵

只要早上太陽一露臉，
我們的脖子便伸得好長。
這是我們的好習慣，
每天把笑臉迎向陽光。

只要太陽移動一步，
我們的身子便跟著它轉。
這是我們每天的運動，
粒粒種子都鍛鍊得健康碩壯。

只要太陽一落下山去，
便開始我們的休息時間。
這時我們在低頭祈禱，
願每個明天都有溫暖的陽光。

向日葵隨著太陽的腳步轉頭移動，表示它們樂於追求光明，大量吸收光熱，使自己成熟健壯。這都是我們人要學習的地方。

歌鳥

一隻鳥兒，
獨唱的多來米，
聲聲脆亮得，
有如春天圓潤的小雨滴。

兩隻鳥兒，
齊唱的多來米，
不過是兩枝小短笛，
比賽誰的聲音最亮麗。

一群鳥兒，
混聲合唱的多來米，
便是嘈雜的課餘活動了，

少不了也鬥鬥嘴，
少不了也推推擠擠。
你從你占領的，
枝幹茂密的樅樹上。
我從我霸住的，
葉子豐厚的楓林裡。

林中小鳥的鳴叫聲，
有的像獨唱，有的像齊唱，
有的也像混聲合唱，
更像同學們下課後的
打打鬧鬧、推推擠擠。
森林中很熱鬧，森林中很有趣。

稻草人

穿上爸爸的破襯衫，

圍上媽媽的舊圍裙，
戴上撿來的爛氈帽，
你是我家田裡的稻草人。
你神氣的揚著手。
你威武的挺著胸。
你的樣子好滑稽呵，
你是個很盡職的稻草人。

稻草人，你快樂嗎？
你整日忍受，
風吹，日晒，
霜打，雨淋。

稻草人，你寂寞嗎？
你沒有朋友，
你沒有鄰居，
連小鳥兒也不敢靠近。

我們用破舊衣服做一個稻草人，
稻草人就按照我們的意思
神氣的執行他的任務。
我們關心他、問候他，
就像他真的是我們家的一員，
這也是一種愛的表現。

螢火蟲

小小螢火蟲，
提著大燈籠。
你們要照亮誰的路呀！
懶惰的小瓢蟲在樹葉上睡著了。
怕光的蚯蚓早已鑽進了地洞。
小小螢火蟲，
提著大燈籠。
你們是去參加提燈晚會嗎？
蛐蛐兒已在草叢輕聲演奏了。
夜鶯在樹上唱出了美妙歌聲。

小小螢火蟲，
提著大燈籠。
你們是來伴我夜讀嗎？
我已把書輕輕闔上，
就著你的光亮背頌今天的課本。

螢火蟲發出的光亮雖然非常微弱，但是比起牠們渺小的身軀來，已經是非常大的貢獻了。牠們雖小，志向卻是可嘉的。這就是這首詩所要表達的意思。

影子

我走一步，
他也走一步。
我跳一下，
他也跳一下。
我站在那裡唱歌，
他也站在那裡，
咿咿啞啞。

好討厭呵！
他總是有樣學樣。
好沒個性呵！
他總是躲躲藏藏。
好奇怪呵！
他總是不敢站出來，
給大家看看。

人到那裡，影子也跟到那裡，
有樣學樣，不敢見人，藏頭露尾，
像一個沒個性、沒主見的膽小鬼。
這首詩給了我們許多做人的啟示。

比高

一株小草想，
拼命往上長吧，
長到超過一叢野菊的高度。

一叢野菊想，
拼命抽枝開花吧，
開到超過一根藤蔓的高度。

一根藤蔓想，
拼命往上攀爬吧，
爬到超過一棵松樹的高度。

一棵松樹想，
拼命伸長枝幹吧，
伸到超過一座山丘的高度。

一座山丘想，
拼命弓起脊背吧，
弓起超過天上星星的高度。
而天上的星星眨著眼睛說：
高高在上好冷呵！
如果我只有，
一株小草的
高度。

往高處爬，往高處長，
要高過別人是天下萬物
共有的欲望，但是
高到絕頂並不容易，絕頂之上
還有更高的雪峰等待征服，
這時，站在寒冷的高處
反而會羨慕站在平地的可貴了。

踢毽子

一抬腿，
一隻三羽的珍禽，
展翅躍上青天。

再一抬腿，
一顆觸天的大志，
飛了出去探險。

永不停歇的，
抬腿揚手；
揚手抬腿；

忙忙碌碌，
翻攪著我們黃金的童年。
只是呵！
青天老接不住的，
又掉回了腳邊。
稚嫩的大志，
也老離不開地面。

抬腿踢毽子，
毽子像一隻小鳥般的踢飛上天，
也像把一個遠大的志向送出去探險。
但是踢上天的毽子，總是會掉了下來，
就像立下的大志也常常不夠成熟遠大。

跳繩

一步剛跳過去，
遮天蓋地的，
那條絆腳的繩索，
一眨眼，
又橫掃到了腳前
再躍而起吧！
再躍，這自設的路障，
要自己敏捷的避閃。

只要注意，
躍起時，動如脫兔。
落地時，輕若飛燕。
任颼颼的風聲，
耳旁威脅的獰笑，
你得鎮靜，
如風雨中的一尊塑像。
哪管它，要跳脫的，
是怎樣隨身的糾纏。
保持一種清醒的立姿，
天地都不能將你圍限。

跳繩時，
繩子不停在眼前飛過，
這種會絆腳的遊戲，
要有動如脫兔、
輕若飛燕的起落動作
來敏捷的避閃。
要像風雨中的塑像
一樣的保持清醒正直，
這樣就是天和地都不能
將你圍困住。

翹翹板

我在這頭。
你在那頭。
只不過握手的距離，
便也會形成對立。
只不過平衡的遊戲，
便也要分出高低。

這頭的我，
雙腳一伸，
想要趁勢躍上青天。

那頭的你，
兩腿一撐，
好像會要衝入雲裡。

你比我高時，
高也高不過我的頭頂，
容不下一隻鳥兒展翅。

我比你高時，
高也高不過你的髮梢，
只能讓幾片落葉旋身。

玩翹翹板是一種平衡的遊戲，但是兩個人一坐上去便會形成對立，比個高低。輪流翹高的結果是，誰也高不了誰的頭頂，所以玩翹翹板時，比賽誰高誰低，最無趣。

打彈珠

仆倒下去吧！
哪管地球是怎樣的髒汙，
這場小小的星際爭霸，
就看把誰從地表逐出。

眼要瞄準。
手要拿穩。
心要鎮定。
指尖那晶亮的球珠，
子彈一般彈出，

不是一枚恆星的毀滅。
便是，一顆野心的終止。

糟糕！一個分神，
頑劣的星球脫軌而去。
遊戲規則上面說，
你的運動終結，
別人的攻擊開始。

仆倒在地上打彈珠，
要奮不顧身的
像在作一場星際大戰。
要訣是眼準、手穩、心定，
但是常常一不小心，彈珠會
偏離目標，滾到別的地方去，
這時就得按照遊戲規則
輪到自己被別人攻擊了，
是不能耍賴反悔的。

盪秋千

使力擺盪吧！
迎風而上，
仰頭去與雲比高。
趁勢而下，
俯身與泥土平行。
最好橫成中間那條天地線，
讓同伴側目，
要對手驚心。

窄窄的踏板，
是落腳的唯一國土。
只要兩手把持得穩，
可以竄升為，
一柱擎天的圖騰。

或者、款擺成，
時間滴答的，
那支主控。

盪得越高，
會看得越遠。
會發現，
牆外的喧譁，
只是一場虛驚。
幾個同齡的頑童，
看到一隻鷹掠過高處時，
發出羨慕的歡欣。

秋千盪得越高越過癮，
站在窄窄的踏板上，
只要兩手把持得穩，
可以竄升成為一根擎天的柱子，
也可擺盪得像主控時鐘的那支鐘擺。
盪得越高會看得越遠，
會看到牆外的人，
以為是一隻鷹掠過頭頂，
而發出驚叫聲。

媽媽的話

當我很小很小的時候，
媽媽說話，
細聲細氣的，
像陣陣溫柔的和風。
我不會答話，
她也把我當作知音。
當我聽倦了的時候，
她用歌聲代替說話，
讓我甜甜蜜蜜的做夢。
現在我長大了，
媽媽的話，
越來越多，
越來越好聽。

像一本會發聲的百科全書，
媽媽的話裡，
好多好多的學問。
她總是大聲大聲的說，
總是怕我聽不懂。

我們從小到大
都會聽媽媽說話，
即使小嬰兒
還不會說話時，
媽媽也會對著我們
自言自語。我們長大了，
媽媽的話更多，聲音更大，她怕我們聽不懂。
媽媽對我們的愛都在她的千言萬語中。

小弟弟

小弟弟，
好壞呵！
他把媽媽的鏡子打破，
他不要姐姐畫畫。

小弟弟，
好不乖呵！
他撕壞了我的課本，
還不許我說他。

小弟弟，
又耍賴了！
他躺在地上不肯吃飯，
他說他要爸爸。

我對媽媽說：
將來我作小弟弟，
一定作個乖寶寶，
一定不會挨媽媽的罵。

媽媽笑著說：
你已經是小哥哥了，
你小的時候，
比小弟弟更不聽話。

小哥哥看小弟弟不乖、愛搗亂，
很生氣。小哥哥懂事了，
卻不知道自己已經作過小弟弟，
而且比小弟弟更不聽話。
天真的小孩，常常逗得媽媽笑哈哈。

媽媽寫的詩

有一天，好無聊，
我要媽媽教我學寫詩。

媽媽說：
詩是不能教的。
詩像頑皮的野孩子，
總愛躲貓貓，
很難把它抓得住。

我聽不懂媽媽的話，
仍然吵著要她教我寫詩。
媽媽又說：
不要吵，
我的詩早就寫好了。
自己去讀吧！
你就是我寫的一首詩。
從此我才知道，
媽媽為什麼這麼疼我，
雖然我也很頑皮，
可是我是她心愛的一首詩。

詩是不能教的，
詩像頑皮滑溜的野孩子，
很難抓得住。所以
詩人非常珍愛自己寫的詩，
就像疼愛自己的孩子。

寫詩的人

向明，本名董平，是臺灣罕見的一生都在寫詩的詩人之一。他只讀到初中畢業，便因日本侵華，家鄉被毀而流落在外。後來進入軍隊當幼年兵，學習通信技術，從此一生服務軍旅，空暇時以寫詩為樂。

年長軍旅退休後，曾進入《中華日報》副刊工作，並主編《藍星詩刊》、《年度詩選》。曾得過文協文藝獎章，中山文藝獎，國家文藝獎。世界藝術與文化學院曾在一九八八年頒給他榮譽文學博士學位。

他先後出版了七本個人詩集，一本詩論集，一本散文集，兩本童話集。作品曾翻譯成英法德日荷等國文字入選各國詩選。現已全然退休，但不包括寫詩，詩是他一生的興趣。《螢火蟲》是他的第八本詩集。

畫畫的人

董心如

從小，心如就是個愛畫畫的女孩，家裡，不論是桌椅、書櫃、牆壁，都成了她的彩繪天堂。在媽媽的那臺老縫紉機上，到現在都還留著她當年用錐子刻出的童稚圖畫呢！

自國立藝術學院畢業後，心如又繼續至美國紐約普萊特藝術學院攻讀碩士。雖然所學漸深漸廣，但她心中始終念念不忘的，卻是年幼時信手塗鴉的那份童稚與樸拙。心如教過小朋友畫畫，她深深覺得能和小朋友們玩成一片，啟發他們的想像力，與他們一起創作出真誠、豐富的作品，是世上最開心的事了。

也因著這份不假修飾的赤子之心，她的作品充滿了溫馨與童趣，曾入選臺北市美展、臺灣省美展、雄獅新人獎，並參加過多次的聯展。

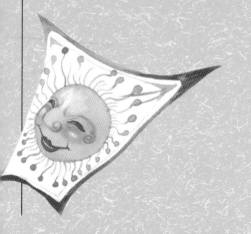

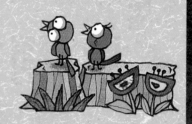

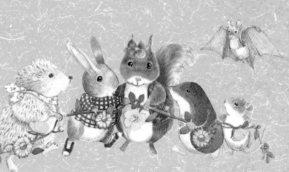

打開詩的魔法書……

小心，妖怪正開始施展他的本事！
魚蝦在空中撈星星？
月亮也鬧雙胞？
哇！我的夢還會在夢中作夢！

國內外著名詩人、畫家
一起彩繪出充滿魔力的夢想，
要讓小小詩人們體會一場前所未有的驚奇！

兒童文學叢書・小詩人系列・

樹媽媽	葉維廉 著	陳璐茜 繪
螢火蟲	向　明 著	董心如 繪
稻草人	夐　虹 著	拉　拉 繪
童話風	陳　黎 著	王　蘭 繪
雙胞胎月亮	蘇紹連 著	藍珮禎 繪
妖怪的本事	白　靈 著	吳應堅 繪
魚和蝦的對話	張　默 著	董心如 繪
我的夢夢見我在夢中作夢	向　陽 著	陳璐茜 繪
網一把星	葉維廉 著	
小孩與鸚鵡	陳義芝 著	
穿過老樹林	蘇紹連 著	
夢中音樂會	朵　思 著	

⋮